Este libro pertenece a:

_____

Este libro está dedicado a Reese y Emerson.
Gracias por inspirarme, creer en mí.
y por ser mis pequeñas animadoras. Siempre a mi lado,
animándome.

ISBN: 979-8-9867933-4-4

Distribución: Anaheim, California

Para más información visite www.tenillebwrites.com o comuníquese a email tenillejb@gmail.com

Ilustraciones por Ira Baykovska - www.baykovska.com

Diseño de la portada por Jade Le

Traducido por Natalia Sepúlveda

Un médico, una abogada, una artista o una camarera.
¡Una cantante, un chef o una patinadora olímpica!
Hay tantos trabajos que podría elegir...

...pero tal vez seré una arquitecta.

Como coleccionista de sellos, yo sostendría
miles de sellos. Unos nuevos y otros viejos.
Buscaría en el mundo todos los sellos que pudiera coleccionar...

...pero tal vez seré una arquitecta.

Como política, me esforzaría en crear nuevas leyes para ayudar a las personas a prosperar.
Quizás seré la próxima presidenta que elijas...

...pero tal vez seré una arquitecta.

Como veterinaria, me gustaría cuidar y curar las mascotas.
No me arrepentiría.
Sí, sería la mejor veterinaria...

...pero tal vez seré una arquitecta.

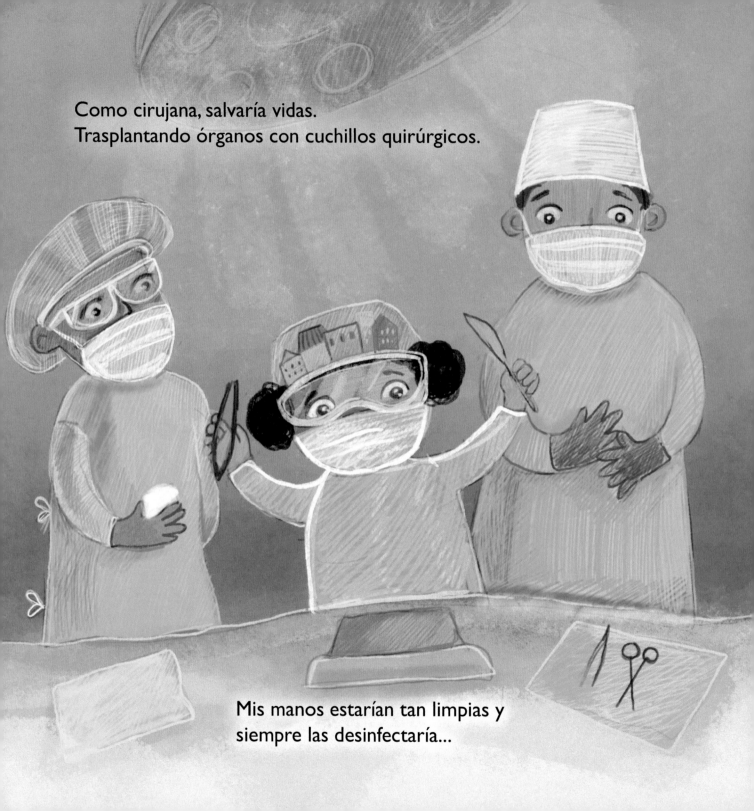

Como cirujana, salvaría vidas.
Trasplantando órganos con cuchillos quirúrgicos.

Mis manos estarían tan limpias y
siempre las desinfectaría...

...pero tal vez seré una arquitecta.

Como abogada, siempre lucharía
con todas mis fuerzas por mis clientes.
Delante de los jueces,
yo diría 'ME OPONGO'...

...pero tal vez seré una arquitecta.

Como detective, resolvería crímenes.
Buscaría pruebas todo el tiempo,
para investigar a un sospechoso...

...pero tal vez seré una arquitecta.

Como detective, resolvería crímenes.
Buscaría pruebas todo el tiempo,
para investigar a un sospechoso...

...pero tal vez seré una arquitecta.

Como bibliotecaria, me esforzaría
para mantener mi biblioteca tranquila y ordenada.
Diría, será mejor que les muestren respeto a mis libros...

...pero tal vez seré una arquitecta.

Como exploradora, iría lejos,
a lugares emocionantes y extraños.
Les contaría a mis nietos sobre todos
los lugares que he recorrido...

...pero tal vez seré una arquitecta.

Como científica, haría experimentos,
e inventaría cosas para proteger los océanos.
Quizás hasta tendría ranas para diseccionar...

...pero tal vez seré una arquitecta.

...pero tal vez seré una arquitecta.

Como directora, haría películas.
Éxitos de taquilla, no se equivoquen.
Me enamoraría de los efectos especiales...

HISTORIA DE LA ARQUITECTURA

...pero tal vez seré una arquitecta.

Como maestra ensenaría y
ayudaría a todos mis estudiantes a entrar en la universidad.
¡Oh! Y corregiría, montones de papeles…

...pero tal vez seré una arquitecta.

Como diseñadora de software, me gustaría construir sitios web, programas y juegos.
Pensaría en megabytes.
Con mi intelecto inventaría nuevas aplicaciones...

Como diseñadora de interiores, crearía espacios.
Convertiría casas en hogares y habitaciones en lugares perfectos.
Seleccionaría los muebles más elegantes…

...pero tal vez seré una arquitecta.

Me destacaría en muchas carreras.
Me esforzaría mucho y lo haría muy bien.
En todo esto, podrías apostar...

¡Pero sigo pensando en ser arquitecta!

Porque los arquitectos dibujan las cosas en detalle, como yo.
En su mente, edificios fantásticos, eso es lo que ven.
Incluso las cosas pequeñas difícilmente pasan desapercibidas...

... así que tal vez podría ser arquitecta.

Siempre estoy inspirado y tengo
nuevos pensamientos para dar,
Sobre lugares donde la gente podía
comer, trabajar y vivir.
Me encantan las estructuras poderosas
y todos y cada uno de los ladrillos,
inspeccionaría...

... Oh hombre, no puedo
esperar para ser arquitecta.

Made in the USA
Las Vegas, NV
22 May 2023